KB178424

選 詩 集

朴 寅 煥

1 9 5 5

서울・珊瑚莊・刊行

THE
COLLECTED
POEMS

by

PAK IN WHAN

1 9 5 5

PRINTED IN THE R. O. KOREA

아내
丁淑에게
보낸다

選詩集

目次

書籍과 風景

書籍과　風景

세사람의 家族

나와 나의 淸純한 아내

여름날 純白한 結婚式이 끝나고

우리는 流行品으로 華麗한

商街의 쇼오위인드를 바라보며 걸었다

戰爭이 머물고

平穩한 地平에서

모두의　短片的인　記憶이

비둘기의　날개처럼　솟아나는　틈을　타서

우리는　內省과　悔恨에의　旅行을　떠났다.

平凡한　收穫의　가을

겨울은　百合처럼　香氣를　풍기고　온다

죽은　사람들은　싸늘한　흙　속에　묻히고

우리의　家族은　세사람.

톱소에　그늘　밑에서

11

나의 不運한 遍歷인 日記冊이 떨고

그 하나 하나의 紙面은

陰鬱한 回想의 地帶로 날아갔다.

아 蒼白한 世上과 나의 生涯에

終末이 오기 前에

나는 孤獨한 疲勞에서

氷花처럼 잠들은 지나간 歲月을 위해

詩를 써 본다.

그러나 窓 밖

暗憺한 商街

苦痛과 嘔吐가 凍結된 밤의 쇼오위인드

그 곁에는

絶望과 飢餓의 行列이 밤을 새우고

來日이 온다면

이 靜寞의 거리에 暴風이 분다.

13

最後의 會話

아무 雜音도 없이 滅亡하는

都市의 그림자

無數한 印象과

轉換하는 年代의 그늘에서

아 永遠히 흘러가는 것

新聞紙의 傾斜에 얽혀진

그러한 不安의 格鬪。

함부로　開催되는　酒場의　謝肉祭

黑人의　트람벨

歐羅巴　新婦의　悲鳴

精神의　皇帝！

내　秘密을　누가　압니까？

體驗만이　늘고

室內는　잔잔한　이러한

幻影의　寢台에서。

回想의 起源

汚辱의 都市

黃昏의 亡命客

검은 外套에 목을 굽히면

들려 오는 것

아 永遠히 듣기 싫은 것

섞어 빠진 鎭魂歌

오늘의 廢墟에서

우리는 또 다시 만날 수 있을까

一九五〇年의 使節團.

病 든 背景의 바다에

菊花가 피었다

閉鎖된 大學의 庭園은

지금은 墓地

繪畵와 理性의 뒤에 오는 것

술 취한 水夫의 팔목에 끼어

波濤처럼 밀려 드는

不安한 最後의 會話。

落　下

미끄럼　판에서

나는　孤獨한　아끼레스처럼

不安의　旗ㅅ발　날리는

땅 위에　떨어졌다

머리 위의　별을　헤아리　면서

그　후　二十年

나는 運命의 公園 뒷담 밑으로

永續된 罪의 그림자를 따랐다.

아 永遠히 反覆되는

미끄럼 판의 昇降

親近에의 憎惡와 또한

不幸과 悲慘과 屈辱에의 反抗도 잊고

煙氣 흐르는 쪽으로 달려가면

汚辱의 지낸 날이 나를 더욱 괴롭힐 뿐.

19

멀리선 灰色 斜面과

不安한 밤의 戰爭

人類의 傷痕과 苦惱만이 늘고

아무도 認識하지 못할

忘却의 이 地上에서

더욱 더욱 가랁아 간다.

처음 미끄럼 판에서

내려 달린 快感도

未知의 숲 속을

나의 靑春과 逃走하던 時間도

나의 落下하는

悲劇의 그늘에 있다.

永遠한 日曜日

날개없는 女神이 죽어 버린 아침

나는 暴風에 싸여

주검의 日曜日을 올라 간다.

파란 衣裳을 감은 牧師와

죽어가는 놈의

숨가쁜 울음을 따라

비탈에서 절룸 거리며 오는

나의 兄弟들.

絕望과 自由로운

모든 것을……

짜늘한 郊外의 砂丘에서

모진 소낙비에 으끄려지며

자라지 못하는 有用植物.

23

낡은 回歸의 恐怖와 함께

禮節처럼 떠나 버리는 太陽.

囚人이여

지금은 희미한 凸形의 時間

오늘은 日曜日

너희 들은 다행하게도

다음 날에의

秘密을 갖지 못했다.

절룸 거리며 敎會에 모인 사람과

手足이 完全함에 불구하고

福音도 祈禱도 없이

떠나 가는 사람과

傷風된 사람들이여

永遠한 日曜日이여

資本家에게

나는 너희들의 마니페스트의 缺陷을 指摘한다

그리고 모든 資本이 崩壊한 다음

颱風처럼 너희들을 휩쓸어갈

危險性이

波長처럼 가까워 진다는 것도

옛날 技師가 逃走하였을 때

飛行場에 구진 비가 내리고

모두 목메어 부른 노래는

밤의 末路에 불과하였다.

그러므로 資本家여

새삼스럽게 文明을 말하지 말라

精神과 함께 太陽이 都市를 떠난 오늘

허무러진 人間의 廣場에는

비둘기 떼의 屍體가 흩어져 있었다.

新作路를 바람처럼 굴러간

機體의 中柚는

어두운 外界 絶壁 밑으로 떨어지고

操縱者의 엷은 作業服이

하늘의 구름처럼 남아 있었다.

잃어버린 日月의 鮮明한 表情들

人間이 죽은 土地에서

打算흥지 말라

文明의 모습이 숨어버린 荒凉한 밤

成案은

꿈의 호텔처럼 부서지고

生活과 秩序의 信條에서 어긋난

最後의 放浪은 끝났다.

지금 옛날 村落을 흘려 버린

슬픈 비는 나린다.

囘想의 긴 溪谷

아름답고 사랑처럼 無限히 슬픈

囘想의 긴 溪谷

그랜드 쇼오 처럼 人間의 運命이 허무러지고

검은 煙氣여 올라라

검은 幻影이여 살아라.

안개 내린 視野에

新婦의 베에르인가 가늘은 生命의 連續이

最後의 頌歌와

不安한 발걸음에 맞추어

어데로인가

荒廢한 土地의 外部로 떠나 가는데

울음으로써 죽음을 代置하는

수 없는 樂器들은

고요한 이 溪谷에서 더욱 서럽다.

江기슭에서 期約할 것 없이 쓰러지는

하루만의 人生

華麗한 慾望

旅券은 散散히 찢어지고

落葉처럼 길 위에 떨어지는

카렌다아의 鄕愁를 안고

自轉車의 少女여 나와 오늘을 살자.

軍人이 피워 물던

물뿌리와 검은 煙氣의 印象과

危機에 가득찬 世界의 邊境

이 回想의 긴 溪谷 속에서도

列을 지어 죽음의 비탈을 지나는

서럽고 또한 幻想에 속은

어리석은 永遠한 殉教者.

우리들.

일곱개의 層階

가만이 눈을 감고 생각하니

지난 하루 하루가 무서웠다。

무엇이나 꺼리낌 없이 말 했고

아무에게도 協議해 본 일이 없던

不幸한 年代였다。

비가 줄 줄 내리는 새벽

바로 그때이다

죽어 간 靑春이

땅 속에서 솟아 나오는 것이……

그러나 나는 뛰어 들어

서슴 없이 어깨를 거느리고

握手한 채 피 묻은 손목으로

우리는 暗憺한 일곱 개의 層階를 내려갔다.

「人間의 條件」의 앙드레·마르로우

「아름다운 地區」의 아라공

모두들 나와 허물 없던 友人

黃昏이면 疲困한 肉體로

우리의 槪念이 즐거이 이름불렀던

∧精神과 關聯의 호텔∨에서

마르로우는 이 빠진 情婦와

아라공은 절름발이 思想과

나는 이들을 凝視하면서……

이러한 바람의 낮과 愛慾의 밤이

回想의 寫眞처럼

부질하게 내 눈 앞에 오고 간다.

또 다른 그날

街路樹 그늘에서 울던 아이는

옛날 江가에 내가 버린 嬰兒

쓰러지는 建物 아래

슬픔에 죽어 가던 少女도

오늘 幻影처럼 살았다

이름이 무엇인지

나라를 애태우는지

分別할 意識조차 내게는 없다.

시달림과 憎惡의 陸地

敗北의 暴風을 뚫고

나의 永遠한 作別의 노래가

안개 속에 울리고

지낸 날의 무거운 回想을 더듬으며

壁에 귀를 기대면

머나 먼

運命의 都市 한복판

희미한 달을 바라

울며 울며 일곱 개의 層階를 오르는

그 아이의 方向은

어테인가.

奇蹟인 現代

장미는 江가에 핀 나의 이름

집 집 굴뚝에서 솟아 나는 文明의 안개

∧詩人∨ 가엾은 昆虫이여

너의 울음이 都市에 들린다。

오래 토록 네 慾望은 사라진 繪畵

茂盛한 雜草園에서

幻影과 愛情과 비벼대던

그 年代의 이름도

虛妄한 어제 밤 버려지.

사랑은 彫刻에 나타난 追憶

泥濘과 作別의 旅路에서

기대었던 樹木은 썩어지고

電信처럼 가벼웁고 재빠른

不安한 速力은 어데서 오나.

沈默의　恐怖와　눈짓하던.

그　무렵의　나의　運命은

奇蹟인

東洋의　하늘을　헤매고　있다.

不幸한 神

오늘 나는 모든 慾望과

事物에 作別하였습니다.

그래서 더욱 親한 죽음과

過去는 無數한 來日에 가까워집니다.

잠이 들었습니다.

不幸한 神

어데서나 나와 함께 사는

不幸한 神

당신은 나와 단 둘이서

얼굴을 비벼 대고 秘密을 터놓고

誤解나

人間의 體驗이나

孤絕된 意識에

後悔하지 않을 것입니다.

또 다시 우리는 結束되었읍니다.

皇帝의 臣下처럼 우리는 죽음을 約束합니다.

지금 저 廣場의 電柱처럼 우리는 存在됩니다.

44

쉴 새 없이 내 귀에 울려오는 것은

不幸한 神 당신이 부르시는

暴風입니다。

그러나 虛妄한 天地사이를

내가 있고 嚴然히 주검이 가로 놓이고

不幸한 당신이 있으므로

나는 最後의 安定을 즐깁니다。

검은 神이여

저 墓地에서 우는 사람은 누구입니까.

저 破壞된 建物에서 나오는 사람은 누구입니까

검은 바다에서 연기처럼 꺼진 것은 무엇입니까

人間의 內部에서 死滅된 것은 무엇입니까.

一年이 끝나고 그 다음에 시작되는 것은 무엇입니까。

戰爭이 뺏아간 나의 親友는 어데서 만날 수 있읍니까。

슬픔 대신에 나에게 죽음을 주시오。

人間을 대신하여 世上을 風雪로 뒤덮어 주시오。

建物과 蒼白한 墓地 있던 자리에

꽃이 피지 않도록.

하루의 一年의 戰爭의 凄慘한 追憶은

검은 神이여

그것은 당신의 主題일 것입니다.

未來의 娼婦

새로운 神에게

여윈 목소리로 바람과 함께

우리는 來日을 約束하지 않는다.

乘客이 사라진 列車 안에서

오 그대 未來의 娼婦여

너의 希望은 나의 誤解와

感興만이다.

49

戰爭이 머물은 庭園에

설래이며 닥아 드는

不運한 遍歷의 사람들

그 속에 나의 靑春이 자고

絕望이 살던

오 그대 未來의 娼婦여

너의 慾望은

나의 嫉妬와 發狂만이다.

香氣　짙은　젓가슴을

銃알로　구멍　내고

暗黑의　地圖　孤絶된　치마끝을

피와　눈물과

最後의　生命으로　이끌며

오　그대　未來의　娼婦여

너의　目標는　나의　무덤인가.

너의　終末도　永遠한　過去인가.

밤의 노래

靜寞한 가운데

燐光처럼 비치는 무수한 눈

暗黑의 地平은

自由에의 境界를 만든다.

사랑은 주검의 斜面으로 달리고

脆弱하게 組織된

나의 內面은

지금은 孤獨한 술甁.

밤은 이 어두운 밤은

안테나로 形成되었다

구름과 感情의 經緯度에서

나는 永遠히 約束될

未來에의 絶望에 關하여 이야기도 하였다.

53

또한 끝 없이 들려 오는 不安한 波長

내가 아는 單語와

나의 平凡한 意識은

밝아올 날의 領域으로

危殆롭게 隣接되어 간다.

가느다란 노래도 없이

길목에선 갈대가 죽고

욱어진 異神의 날개들이

짚은 밤

저 飢餓의 별을 向하여 作別한다.

鼓膜을 깨드릴 듯이

달려오는 電波

그것이 가끔 教會의 鍾소리에 합처

線을 그리며

내 가슴의 隕石에 가랁아 버린다.

壁

그것은 분명히 어제의 것이다

나와는 關聯이 없는 것이다

우리들이 헤어질 때에

그것은 너무도 無情하였다.

하루 종일 나는 그것과 만난다

避하면 避할수록

더욱 接近하는 것

그것은 너무도 不吉을 象徵하고 있다

옛날 그 위에 名畵가 그려졌다하여

즐거워하던 藝術家들은

모두리 죽었다.

지금 거기엔 파리와

아무도 읽지 않고

아무도 바라보지 않는

檄文과 政治포스터어가 붙어 있을 뿐

나와는　아무　因緣이　없다.

그것은　感性도　理性도　잃은

滅亡의　그림자

그것은　文明과　進化를　障害하는

싸탄의　使徒

나는　그　것이　보기싫다.

그것이　밤　낮으로

나를　가로　막기　때문에

나는　한점의　피도　없이

말라 버리고

女王이 부르시는 노래와

나의 이름도 듣지 못한다.

살아 있는 것이 있다면

現在의 時間과 過去의 時間은

거의 모두가 未來의 時間 속에 나타난다

(T·S·엘리오트)

살아 있는 것이 있다면

그것은 나와 우리들의 죽음보다도

더한 冷酷하고 切實한

回想과 體驗일 지도 모른다.

살아 있는 것이 있다면

여러 차례의 殺戮에 服從한 生命보다도

더한 復讐와 孤獨을 아는

苦惱와 抵抗일 지도 모른다.

한걸음 한걸음 나는 허무러지는

靜寂과 硝煙의 都市 그 暗黑속으로……

瞑想과 또 다시 오지 않을 永遠한 來日로……

살아 있는 것이 있다면

流刑의 愛人처럼 손잡기 위하여

이미 消滅된 靑春의 反逆을 回想하면서

懷疑와　不安만이　多情스러운

悔恨의　오늘을　살아　나간다。

……아　最後로　이　聖者의　世界에

살아　있는　것이　있다면　분명히

그것은　贖罪의　繪畵　속의　裸女와

回想도　苦惱도　이제는　亡靈에게　맑은

철없는　詩人

나의　눈　감지　못한

單純한　狀態의　屍體일　것이다……

不信의 사람

나는 바람이 걸게 멈출 때

港口의 등불과

그 偉大한 意志의 설음이

不滅의 씨를 뿌리는 것을 보았다。

肺에 밀려 드는 싸늘한 물결처럼

不信의 사람과 忘却의 잠을 이룬다。

피와 외로운 歲月과

投影되는 一切의 幻想과

詩보다도 더욱 가난한 사랑과

떠나는 幸福과 같이

속사기는 바람과

오 共同墓地에서 퍼덕이는

始發과 終末의 旗ㅅ발과

지금 密閉된 이런 世界에서

倦怠롭게

우리는 무엇을 이야기 하는가.

등불이 꺼진 港口에

마지막 조용한 意志의 비는 나리고

내 不信의 사람은 오지 않았다.

내 不信의 사람은 오지 않았다.

書籍과 風景

書籍은 荒廢한 人間의 風景에 光彩를 띠웠다.

書籍은 幸福과 自由와 어떤 智慧를

人間에게 알려 주었다.

지금은 殺戮의 時代

侵害된 土地에서는 人間이 죽고

書籍만이

限 없는 歷史를 이야기 해준다。

오래도록 社會가 成長하는 동안

活字는 技術과 行列의 混亂을 이루었다。

그 사이에는

自由 佛蘭西 共和國의 樹立

英國의 産業革命

에후•루우스벨르氏의 微笑와 아울러

∧뉴우기니아∨와 ∧오끼나와∨를 걸쳐

戰艦 미조오리號에 이르는 人類의 過程이

모두 苛酷한 回想을 同伴하며 나타나는 것이다。

내가 옛날 偉大한 反抗을 企圖하였을 때

書籍은 白晝의 장미와 같은

蒼然하고도 아름다운 風景을

마음 속에 그려 주었다。

蘇聯에서 돌아온 앙드레·지이드氏

그는 眞理와 尊嚴에 빛나는 얼굴로

自由는 人間의 風景 속에서

가장　重要한　要素이며

우리는　永遠한　∧風景∨을　위해

自由를　擁護하자고　말하고

韓國에서의　戰爭이　熾烈의　高潮에

達하였을　적에

悔蔑과　煉獄의　風景을

凝視하며　떠났다.

一九五一年의　書籍

나는　疲勞한　몸으로　白雪을　밟고　가면서

이 暗黑의 世代를 휩쓰는

또 하나의 戰慄이

어데 있는가를 探知하였다.

오래도록 人間의 힘으로 人間인 때문에

危機에 逢着된 人間의 最後를

共産主義의 深淵에서 救出하고자

現代의 異邦人 自由의 勇士는

世界의 寒村 韓國에서 죽는다.

스콧트랜드에서 愛人과 作別한R•지이미君

쨘•다아크의 傳記를 쓴 펠더난드氏

太平洋의 密林과 여러 湖沼의 疾病과 싸우고

∧바탄∨과 ∧코레히돌∨의 峻烈의 神話를

자랑하던 톰·밋참君

이들은 한 사람이 아니다。神의 祭壇에서

人類만의 果敢한 行動과 憤怒로

사랑도 祈禱도 없이

無名高地 또는 無名溪谷에서 죽었다。

나는 눈을 감는다。

平和롭던 날 나의 書齋에 群集했던

書籍의 이름을 에운다。

한卷 한卷이

人間처럼 個性이 있었고

죽어 간 兵士처럼 나에게 눈물과

不滅의 精神을 알려준 無數한 書籍의 이름을……

이들은 모이면 人間이 살던

原野와 山과 바다와 구름과 같은

印象의 風景을 내 마음에 投影해주는 것이다。

지금 싸움은 持續된다。

書籍은 불타오른다.

그러나 書籍과 印象의 風景이여

너의 久遠한 이야기와 表情은 너만의 것이 아니다.

에후·루우스벨트氏가 죽고

다그라아스·맥아더가 陸地에 오를 때

正義의 불을 吐하던

여러 艦艇과 機銃과 太平洋의 波濤는 잔잔하였다.

이러한 時間과 歷史는

또 다시 自由 人間이 참으로 保障될 때

反覆될 것이다.

73

悲慘한 人類의

새로운 미조오리號에의 過程이여

나의 書籍과 風景은

내 生命을 건 싸움 속에 있다.

一九五三年의 女子에게

流行은 섭섭하게도
女子들에게서 떠났다.

왜?

그것은 스스로의 起源을 찾기 위하여

어떠한 날

구름과 幻想의 接境을 더듬으며

女子들은

不吉한 옷자락을 벗어버린다.

回想의 푸른 물결 처럼

孤獨은 歲月에 살고

혼자서 흐느끼는

海邊의 女神과도 같이

女子들은 完全한 時間을 본다.

荒漠한 年代여

거품과 같은 虛榮이여

그것은 깨어진 거울의 여윈 印象.

必要한 것과

消耗의 比例를 위하여

戰爭은 女子들의 눈을 監視한다.

코르셋트로 侵害된 健康은

또한 流行은 精神의 方向을 封鎖한다.

여기서 最後의 길손을 바라볼 때

虛弱한 바늘처럼

바람에 쓰러지는

無數한 肉體

그것은 카인의 情婦보다

사나운 毒을 풍긴다.

出發도 없이

終末도 없이

生命은 부질하게도

女子들 에게서 어드움처럼 떠나는 것이다.

왜?

그것을 對答하기에는

너무도 峻烈한 社會가 었었다.

終　末

生涯를　끝마칠

臨終의　尊嚴을　앞두고.

政治家와　灰色　洋服을　입은　敎授와

物價指數를　論議하던

不安한　샨데리아　아래서

나는　웃고　있었다.

疲勞한 人生은

支那의 壁처럼 우수수 무너진다.

나도 이에 類型되어

나의 終末의 目標를 指向하고 있었다.

그러나 숨가쁜 呼吸은 끊기지 않고

意識은 罪囚와도 같이 밝아질 뿐

밤마다 나는 장미를 꺾으려

禁斷의 溪谷으로 내려가서

動亂을 겪은 人間처럼 온 손가락을 피로 물들이어

暗黑을 덮어주는 月光을 가리키었다。

나를 쫓는 꿈의 그림자

다음과 같이 그는 말하는 것이다。

……地獄에서 밀려 나간 運命의 敗北者

너는 또 다시 돌아올 수 없다……

……處女의 손과 나의 장갑을

구름의 衣裳과 나의 더럽힌 입술을……

이런 流行歌의 句節을

새벽녘 싸늘한 皮膚가 나의 肉體와 마주 칠 때까지

노래하였다.

노래가 멈춘 다음

내 죽음의 幕이 오를 때

오 生涯를 끝 마칠 나의 最後의 周邊에

洋酒 값을

구두 값을 冊 값을

네가 들어갈 棺값을 淸算하여 달라고

달려 든 지낸 날의 親友들。

(그들은 社會의 禮節과 言語를 確實히 體得하고 있다)

8 3

죽을 수도 없고

옛이나 現在나 변함이 없는 나

政治家와 灰色 洋服을 입은 敎授의 訃告와

그 上段에 報道되어 있는

어제의 物價時勢를 보고

세 사람이 論議하던 그 時節보다

모든 것이 千倍 以上이나 昂騰되어 있는 것을 나는 알았다.

허나 봄이 되니 樹木은 또 다시 부풀어 오르고

나의 終末은 언제인가

어둠처럼 生과 死의. 區分 없이

항상 臨終의 尊嚴만 앞두고

湖水의 물결이나 또는 배처럼

限界만을 헤매이는

地獄으로 돌아갈 수도 없는 者

이젠 얼굴도 이름도 스스로 記憶흥지 못하는

永遠한 終末을

웃고 울며 헤매는 또 하나의 낭.

밤의 未埋葬

우리들을 괴롭히는 것은 주검이 아니라 葬禮式이다

당신과 來日부터는 만나지 맙시다.

나는 다음에 오는 時間부터는 人間의 家族이 아닙니다.

왜 그러 할것인지 모르나

지금처럼 幸福해서는

조금 전처럼 錯覺이 생겨서는

다음부터는 피가 마르고 눈은 감길 것입니다.

사랑하는 당신의 寢台 위에서

내가 바랄 것이란 나의 悲慘이 連續되었던

수 없는 陰影의 年月이

이 幸福의 瞬間처럼 속히 끝나 줄 것입니다。

······ 雷雨 속의 天使

그가 피를 吐하며 알려 주는 나의 位置는

曠漠한 荒地에 세워진 宮殿보다도 더욱 꿈 같고

나의 遍歷처럼 애처럽다는 것입니다。

사랑하는 당신의 부드러운 젖과 가슴을 내 품 안에 안고

87

나는 당신이 죽는 곳에서 내가 살며

내가 죽는 곳에서 당신의 出發이 시작된다고……

恍惚히 생각 합니다.

그리고 저기 무지개처럼 虛空에 그려진

感觸과 香氣만이 질었던 靑春의 날을 바라봅니다.

당신은 나의 품 속에서 神秘와 아름다운 肉體를

숨김 없이 보이며 잠이 들었읍니다.

不滅의 生命과 나의 사랑을 代置하셨읍니다.

呼吸이 끊긴 不幸한 天使……

88

당신은 氷花처럼 차거우면서도

아름답게 幸福의 어드움 속으로 떠나셨읍니다.

孤獨과 함께 남아있는 나와

희미한 感應의 時間과는 이젠 헤어집니다

葬送曲을 演奏하는 管樂器모양

最終 列車의 汽笛이 精神을 두드립니다.

屍體인 당신과

벌거벗은 나와의 事實을

不安한 地區에 남기고

모든 것은 물과 같이 사라집니다.

사랑하는 純粹한 不幸이여 悲慘이여 錯覺이여

決코 그대만은

언제까지나 나와 함께 있어 주시오

내가 意識하였던

甘味한 肉體와 灰色사랑과

官能的인 時間은 참으로 짧았읍니다.

잃어버린 것과

慾望에 살던 것은……

사랑의 姿體와 함께 消滅되었고

나는 다음에 오는 時間부터는 人間의 家族이 아닙니다.

永遠한 밤

永遠한 肉體

永遠한 밤의 未埋葬

나는 異國의 旅行者처럼

무덤에 핀 차거운 黑장미를 가슴에 답니다.

그리고 不安과 恐怖에 펼떡이는

死者의 衣裳을 몸에 휘감고

바다와 같은 渺茫한 暗黑 속으로 뒤돌아 갑니다.

허나 당신은 나의 품 안에서 意識은 回腹하지 못합니다.

疑惑의 旗

얽은 孤獨 처럼 퍼덕이는 旗

그것은 주검과 觀念의 距離를 알린다.

虛妄한 時間

또는 줄기찬 幸運의 瞬時

우리는 倒立된 石膏처럼

不吉을 바라 볼 수 있었다.

落葉처럼 싸움과 靑年은 흩어지고

오늘과 그 未來는 確立된 思念이 없다.

바람 속의 內省

허나 우리는 죽음을 顧홍지 않는다.

疲弊한 土地에선

한줄기 煙氣가 오르고

우리는 아무 말도 없이 눈을 감았다.

最後처럼 印象은 외롭다.

眼球처럼 意慾은 숨길 수가 없다.

이러한 中間의 面積에

우리는 멸고 있으며

멸리는 旗ㅅ발 속에

모든 印象과 意慾은 그 모습을 찾는다.

一九五……年의 여름과 가을에 걸쳐서

愛情의 뱀은 어드움에서 暗黑으로

歲月과 함께 成熟하여 갔다.

그리하여 나는 비틀거리며

뱀이 걸어간 길을 피했다。

잊을 수 없는 疑惑의 旗

잊을 수 없는 幻想의 旗

이러한 混亂된 意識아래서

∧아포롱∨은 危機의 병을 껴안고

枯渴된 世界에 가랁아 간다。

問題되는 것

虛無의 作家 金光洲에게

平凡한 風景 속으로

손을 뻗치면

거기서 길게 설레이는

問題되는 것을 發見하였다.

죽는 즐거움 보다도

나는 살아나가는 괴로움에

그 問題 되는 것이

틀림없이 實在되어 있고 또한 그것은

나와 내 그림자 속에

넘쳐 흐르고 있는 것을 알았다.

散在되어 있고

이 暗黑의 世上에 許多한 그것 들이

나는 또한 어드움을 찾아 걸어 갔다.

아침이면

누구도 알지 못하는 나만의 秘密이

내 疲困한 발걸음을 催促하였고

世界의 樂園이었던

大學의 正門은

지금 銃칼로 武裝되었다.

木手꾼 政治家여

녀의 얼굴은 黃昏처럼 고웁다

옛날 그 이름 모르는 土地에 태어나

屈辱과 倦怠로운 影像에 속아가며

네가 바란 것은 무엇이었드냐

問題되는 것

平凡한 죽음 옆에서

한 없이 우리를 괴롭히는 것

나는 내 젊음의 絶望과

이 凄慘이 이어주는 生命과 함께

問題되는 것 만이

群集 되어 있는 것을 알았다.

눈을 뜨고도

우리들의 纖細한 追憶에 關하여

確信할 수 있는 暫時

눈을 뜨고도

볼 수 없는 狀態는 어찌할 수가 없었다.

진눈까비 처럼 아니

이즈러진 사랑의 幻影처럼

빛나면서도

暗黑처럼 다아오는

오늘의 恐怖

거기 나의 奇妙한 靑春은 자고

歲月은 간다.

녹쓸은 胸部에

잔잔한 물결에 回想과 悔恨은 없다.

푸른 하늘 가를

기나긴 夏季의 비는 내렸다.

겨레와 울던 感傷의 날도

眞實로

눈을 뜨고도 볼 수 없는 狀態

우리는 결코

盲目의 時代에 살고 있는 것인가.

視力은 服從의 그늘을 찾고 있는 것인가

지금 憂愁에 잠긴 舷窓에 기대어

살아 있는者의 選擇과

죽어간 놈의 沈默처럼

보이지는 않으나 官能과 意志의

믿음 만을 願하며

폭을 굽히는 우리들

오 人間의 價値와

조용한 地面에 파묻힌 死者들

또 하나의 幻想과

나의 不吉한 嫌惡

참으로 嘲笑로운 人間의 주검과

103

눈을 뜨고도

볼 수 없는 狀態

얼마나 무서운 恥辱이냐。

단지 存在와 不在의 사이에서

幸 福

老人은 陸地에서 살았다。

하늘을 바라보며 담배를 피우고

시들은 풀잎에 앉아

손금도 보았다。

茶 한 잔을 마시고

情死한 女子의 이야기를

新聞에서 읽을 때

105

비둘기는 지붕위에서 훨훨 날았다.

老人은 한숨도 쉬지 않고

더욱 아무것도 바라지 않으며

聖書를 에우고 불을 끈다.

그는 幸福이라는 것을 말하지 않았다.

거저 고요히 잠드는 것이다.

老人은 꿈을 꾼다.

여러 친구와 술을 나누고

그들이 죽음의 길을 바라 보던 전날을.

老人은 입술에 미소를 띠우고
쓰디 쓴 감정을 억제 할수가 있다.

그는 지금의 어떠한 瞬間도
憎惡 할 수가 없었다.

老人은 죽음을 원하기 전에
옛날이 더욱 永遠한 것 처럼 생각되며
自己와 가까이 있는 것이
멀어져 가는 것을
분간 할 수가 있었다.

미스터某의 生과死

미스터某는 죽는다.

입술에 피를 바르고

어두운 標本室에서

그의 生存時의 記憶은

미스터某의 旅行을

기다리고 있었다.

原因도　없이

遺産은　더욱　없이

미스터某는　生과　作別하는　것이다.

日常이　그러한　것과　같이

주검은　親友와도　같이
　　多情스러웠다.

미스터某의　生과　死는

新聞이나 雜誌의 對象이 못된다.

오직 有識한 醫學徒의

一片의 素材로서

解剖의 臺에 그 餘韻을 남긴다.

無數한 燭光 아래

傷痕은 擴大되고

미스터某는 罪가 많았다.

그의 淸純한 아내

지금 幸福은 意識의 中間을 흐르고 있다.

결코

平凡한 그의 죽음을 悲劇이라 부를 수 없었다.

散散히 찢어진 不幸과

結合된 生과 死와

이러한 孤獨의 存立을 避하며

미스터某는

永遠히 微笑하는 心象을

손쉽게 잡을 수가 있었다.

111

木馬와 淑女

한잔의 술을 마시고

우리는 바아지니아·울프의 生涯와

木馬를 타고 떠난 淑女의 옷자락을 이야기 한다

木馬는 主人을 버리고 거저 방울소리만 울리며

가을 속으로 떠났다 술병에서 별이 떨어진다

傷心한 별은 내가슴에 가벼웁게 부숴진다

그러한 잠시 내가 알던 少女는

庭園의 草木옆에서 자라고

文學이 죽고 人生이 죽고

사랑의 진리마저 愛憎의 그림자를 버릴때

木馬를 탄 사랑의 사람은 보이지 않는다

세월은 가고 오는 것

한 때는 孤立을 피하여 시들어 가고

이제 우리는 作別하여야 한다

술병이 바람에 쓰러지는 소리를 들으며

늙은 女流作家의 눈을 바라다 보아야 한다

……燈臺에……

불이 보이지 않아도

거저 간직한 페시미슴의 未來를 위하여

우리는 처량한 木馬소리를 記憶하여야 한다

모든 것이 떠나든 죽든

거저 가슴에 남은 희미한 意識을 붙잡고

우리는 바아지니아·울프의 서러운 이야기를 들어야한다

두개의 바위 틈을 지나 靑春을 찾은 뱀과 같이

눈을 뜨고 한잔의 술을 마셔야한다

人生은 외롭지도 않고

거저 雜誌의 表紙처럼 通俗 하거늘

한탄할 그 무엇이 무서워서 우리는 떠나는 것일까

木馬는 하늘에 있고

방울소리는 귓전에 철렁 거리는데

가을 바람소리는

내 쓰러진 술병 속에서 목매어 우는데

센치멘탈 · 쨔아너

週末　旅行

葉書……落葉

낡은　流行歌의　설음에　맞추어

疲弊한　小說을　읽던　少女。

李太白의　달은

울고　떠나고

너는 壁畵에 기대어

담배를 피우는 淑女.

카푸리 섬의 園丁

파이프의 香氣를 날려 보내라

이브는 내 마음에 살고

나는 그림자를 잡는다.

歲月은 觀念

讀書는 僞裝

거저 죽기 싫은 藝術家。

오늘이 가고 또 하루가 온들

都市에 噴水는 시들고

어제와 지금의 사람은

天上 有事를 모른다。

술을 마시면 즐겁고

비가 내리면 서럽고

分別이여 區分이여。

樹木은 외롭다

혼자 길을 가는 女子와 같이

情다운 것은 죽고

다리 아래 江은 흐른다.

지금 樹木에서 떨어지는 葉書

긴 사연은

구름에 걸린 달 속에 묻히고

우리들은 旅行을 떠난다

週末旅行

별 말씀

거저 옛날로 가는 것이다.

아 센치멘탈·쨔아니

센치멘탈·쨔아니

아
메
리
카

詩
抄

太平洋 에서

갈매기와 하나의 物體

∧孤獨∨

年月도 없고 太陽은 차겁다.

나는 아무 慾望도 갖지 않겠다.

더우기 浪漫과 情緒는

저기 부쉬지는 거품 속에 있어라.

죽어간 者의 表情처럼

무겁고 침울한 波濤 그것이 怒할 때

나는 살아있는 者라고 외칠수 없었다

거저 意志의 믿음 만을 위하여

深幽한 바다위를 흘러 가는 것이다.

太平洋에 안개가 끼고 비가 내릴 때

검은 날개에 검은 입술을 가진

갈매기들이 나의 가까운 視野에서 나를 조롱 한다.

〈幻想〉

나는 남아 있는 것과

잃어버린 것 과의 比例를 모른다.

옛날 不安을 이야기 했었을 때

이 바다에선 砲艦이 가라앉고

數十萬의 人間이 죽었다.

어둠 침침한 조용한 바다에서 모든 것은 잠이 들었다.

그렇다。나는 지금 무엇을 意識하고 있는가？

단지 살아 있다는 것 만으로서.

바람이 분다.

마음 대로 부러라. 나는 덱키에 매달려

紀念이라고 담배를 피운다.

無限한 孤獨. 저 煙氣는 어디로가나.

밤이여. 無限한 하늘과 물과 그 사이에

나를 잠들게 해라.

(太平洋 에서)

125

十五日間

깨끗한 시이스 위에서

나는 몸부림을 쳐도 所用이 없다.

空間에서 들려오는 恐怖의 소리

좁은 房에서 나비 들이 날은다.

그것을 들어야 하고

그것을 보아야 하는

儀式.

오늘은 어제와 分別이 없건만

내가 애태우는 사람은 날로 멀건만

죽음을 기다리는 囚人과 같이

倦怠로운 하품을 하여야 한다.

窓밖에 나리는 微粒子

거짓 말이 많은 辭典

헐수 없이 나는 그것을 본다

變化가 없는 바다와 하늘 아래서

辱할수 있는 사람도 없고

아라스카에서 달려온 갈매기 처럼

나의 幻想의 世界를 휘 돌아야 한다.

위이스키 한瓶 담배 열갑

아니 내 精神이 消耗되어 간다. 時間은

十五日間을 太平洋에서는 意味가 없다.

허지만

孤立과 콤프랙스의 香氣는

내 얼굴과 금간 肉體에 젖어 버렸다.

바다는 怒하고 나는 잠들려고 한다

累萬年의 自然속에서 나는 自我를 꿈꾼다.

그것은 奇妙한 慾望과

回想의 破片을 다듬는

陰慘한 妄執이기도 하다.

밤이 지나고 苦惱의 날이 온다.

尺度를 위하여 코오피를 마신다.

四邊은 鐵과 巨大한 悲哀에 잠긴

하늘과 바다.

그래서 나는 어제 외롭지 않았다.

（太平洋 에서）

129

充血된 눈瞳자

STRAIT OF JUAN DE FUCA 를 어제 나는

지냈다.

눈동자에 바람이 휘도는

異國의 港口 올림피아

피를 吐하며 잠 자지 못하던 사람들이

幸福이나 기다리는 듯이 거리에 나간다.

錯覺이 만든 네온의 거리

原色과 血管은 내 눈엔 보이지 않는다.

거품에 넘치는 술을 마시고

情慾에 불타는 女子를 보아야 한다.

그의 떨리는 손 가락이 가리키는

무거운 沈默속으로 나는

발버둥 치며 달아 나야 한다.

世上은 좋았다

괴의 비가 내리고

131

주검의 재가 날리는 太平洋을 건너서

다시 올수 없는 사람은 떠나야 한다

아니 世上은 不幸 하다고 나는 하늘에

고함친다

몸에서

페고나아 처럼 화끈거리는 慾望을 위해

거짓과 진실을 마음대로 써야한다.

젊음과 그가 가지는 奇蹟은

내 허리에 悲哀의 그림자를 던졌고

都市의 溪谷 사이를 다름박질 치는

욱중한 바람을

充血된 눈동자는 바라다 보고 있었다。

(올림피아 에서)

어 느 날

四月十日의　復活祭를　위하여

포도酒　한병을　산　黑人과

빌딩의　숲속을　지나

에이브람·린컨의　이야기를　하며

映畫舘의　스칠　廣告를　본다。

……카아멘·죤스……

미스터·몬은　트럭크를　끌고

134

그의 아내는 쿡크와 입을 맞추고

나는 ∧지렐∨ 會社의 테레비죤을 본다.

韓國에서 戰死한 中尉의 어머니는

이제 처음 보는 韓國사람이라고 내 손을 잡고

샤아를 市街를 求景시킨다.

많은 사람이 살고

많은 사람이 울어야하는

아메리카의 하늘에 흰구름.

그것은 무엇을 意味하는가.

나는 들었다 나는 보았다

모든 悲哀와 歡喜를.

아메리카는 휫트맨의 나라로 알았건만

아메리카는 린컨의 나라로 알았건만

쓴 눈물을 흘리며

부라보…… 코리안 하고

黑人은 술을 마신다.

(애배댓로 에서)

어느날의 詩가 되지 않는 詩

당신은 日本人이지요?

챠이니이스? 하고 물을때

나는 不快하게 웃었다.

거품이 많은 술을 마시면서

나도 물었다

당신은 아메리카 市民입니까?。

나는 거짓말 같은 낡아빠진 歷史와

우리 民族과 말이 單一하다는 것을

자랑스럽게 말했다.

黃昏.

타아반 구석에서 黑人은 구두를 닦고

거리의 少年이 즐겁게 담배를 피우고 있다.

女優∧갈보∨의 傳記冊이 놓여있고

그 옆에는 더넥티이브·스토오리가 쌓여있는

書店의 쇼오위인드

손님이 많은 가게안을 나는 들어가지 않았다.

비가 내린다.

내 모자위에 重量이 없는 抑壓이 있다.

그래서 뒷길을 걸으며

서울로 빨리 가고 싶다고

젠치멘탈한 소리를 한다.

(에삐텟트 에서)

旅 行

나는 나도 모르는 사이에 **먼 나라로**

旅行의 길을 떠났다。

수중엔 돈도 없이

집엔 쌀도 없는 詩人이

누구의 속임인가

나의 幻想인가

거저 배를 타고

많은 人間이 죽은 바다를 건너

낯설은 나라를 돌아 다니게 되었다.

비가 내리는 州立公園을 바라 보면서

二百年前

이 다리 아래를 흘러간 사람의 이름을

手帖에 적는다.

캐프텐××

그 사람과 나는 關聯이 없건만

우연히 온 사람과 죽은 사람은

저기 푸르게 잠든 湖水의 수심을

잇을수 없는 것일까。

거룩한 自由의 이름으로 알려진 土地

茂盛한 森林이 있고

飛廉桂舘과 같은 집이

連이어 있는 아메리카의 都市

샤아틀의 네온이 붉은 거리를

失神한 나는 간다

아니 나는 더욱 鮮明한 精神으로

타아반에 들어가 鄕愁를 본다。

이즈러진 回想

不滅의 孤獨

구두에 남은 韓國의 진흙과

商標도 없는 ∧孔雀∨의 연기

그것은 나의 자랑이다

나의 외로움이다.

또 밤 거리

거리의 飮料水를 마시는

포오트랜드의 異邦人

저기

가는 사람은 나를 무엇으로 보고 있는가.

（포오트랜드 에서）

143

水夫들

水夫들은 甲板에서

갈매기와 이야기한다

……너희들은 어데서 왔니……

和蘭성냥으로 담배를 붙이고

싱가폴 밤 거리의 女子

지금도 생각이 난다

銅像처럼 서서 埠頭에서 기다리겠다는

얼굴이 까만 입술이 짙은 女子

波濤여 꿈과 같이 부숴지라

헤아릴수 없는 純白한 밤 이면

하모니카 소리도 처량하고나

포오트랜드 좋은 고장 술집이 많아

구레용 칠한 듯이 네온이 밝은 밤

아리랑 소리나 한번 해보자

(포오트랜드 에서…… 이 詩는 겨우 우리말을 쓸수 있는

어떤 水夫의 것을 내 이메이지로 고쳤다)

에베렛트의 日曜日

芬蘭人 미스터·몬은

自動車를 타고 나를 데리러 왔다.

에베렛트의 日曜日

와이샤스도 없이 나는 韓國노래를 했다.

거저 쓸쓸하게 가냘프게

노래를 부르면 된다

……파파·러브스·맘보……

춤을 추는 돈나

개와 함께 어울려 湖水가를 걷는다.

페레비죤도 처음 보고

카로리가 없는 맥주도 처음 마시는

마음만의 紳士

즐거운 일인지 또는 슬픈 일인지

여기서 말해 주는 사람은 없다.

夕陽.

147

浪漫을 연상흥게 하는 時間.

미칠 듯이 故鄕생각이 난다.

그래서 몬과 나는
이야기 할것이 없었다 이젠
헤겨야 된다.

(에뻬뗐로 에서)

148

새벽 한時의 詩

대낮 보다도 눈부신

포오트랜드의 밤 거리에

單調로운 ∧그렌·미이라∨의 라브소디이가 들린다.

쇼오윈드에서 울고 있는 마네킹.

앞으로 남지 않은 나의 暫時를 위하여

紀念이라고 진·휘이즈를 마시면

녹슬은 가슴과 뇌수에 차디찬 비가 내린다.

나는 돌아가도 친구들에게 얘기 할 것이 없고나

유리로 만든 人間의 墓地와

벽돌과 콩크리트 속에 있던

都市의 溪谷에서

흐느껴 울었다는 것 외에는……。

天使처럼

나를 魅惑 시키는 虛榮의 네온。

너에게는 眼球가 없고 情抒가 없다。

여기선 人間이 生命을 노래 하지않고

沈鬱한 想念 만이 나를 救한다.

바람에 날려온 먼지와 같이

이 異國의 땅에선 나는 하나의 微生物이다.

아니 나는 바람에 날려와

새벽 한時 奇妙한 意識으로

그래도 좋았던

腐蝕된 過去로

돌아가는 것이다.

(포오트맨드에서)

다리 위의 사람

다리 위의 사람은

愛憎과 負債를 자기 나라에 남기고

岩壁에 부딧히는 波濤소리에 놀래

바늘과 같은 손가락은

欄干을 쥐었다。

차디찬 鐵의 固體

쓰디쓴 눈물을 마시며

混亂된 意識에 가랁아 버리는

다리 위의 사람은

神의 이름을 부른다。

긴 航路 끝에 이르른 靜寞한 土地에서

그가 살아오는 동안

風波와 孤絶은 그 칠줄 몰랐고

오랜 歲月을 두고

DECEPTION PASS 에도

비와 눈이 내렸다。

또다시　헤어질　宿命이기에

만나야만　되는　것과　같이

지금　다리　위의　사람은

로사리오海峽　에서　부러오는

悽凉한　바람을　잊으려고　한다.

잊으려고　할때　두　눈을　가로막는

새로운　不安

화끈거리는　머리

絶壁　밑으로　그의　意識은　떨어진다.

太陽이　레몬과　같이　물결에　흔들거리고

州立公園　하늘에는

에메탈르처럼　빤짝거리는　機械가　간다.

변함없이　다리　아래　물이　흐른다

絕望된　사람의　피와도　같이

파란　물이　흐른다

다리　위의　사람은

흔들리는　발걸음을　것잡을　수가　없었다.

（아나코페스　에서）

155

透明한　바라이에티

녹슬은

銀行과　映畵舘과　電氣洗濯機

럭키이·스트라이크

VANCE호텔　BINGO께임.

領事舘　로비이에서

눈부신　百貨店에서

復活祭의　카아드가

RAINIER 맥주가.

나는 옛날을 생각하면서

테레비죤의 LATE NIGHT NEWS를 본다.

카나다 CBC 放送局의

狂亂한 音樂

입맞추는 紳士와 娼婦.

照準은 젖 가슴

아메리카 워신톤州.

孤絶된 圖書舘

비에 젖은 少年과 담배

오늘 올드 미스는 月經이다.

喜劇女優처럼 눈살을 피면서

최현배 博士의 ∧우리말본∨을

핸드백 옆에 놓는다.

타이프라이터의 神經質

機械속에서 나무는 자라고

엔진으로부터 誕生된 사람들。

新聞과 淑女의 옷자락이 길을 막는다。

呂宋煙을 물은 前首相은

아메리카의 女子를 사랑하는지?

植民地의 午後처럼

會社의 旗ㅅ발이 퍼덕거리고

페테이 • 코모의 ∧파파 • 러브스 • 맘보 ∨

구겨진 愛慾°

찢어진 트람벳트

데사이너와

流行에서 精神을 喜悅하는

카로리가 없는 麥酒와 流行과

데모크라시이와 옷벗은 女神과

160

表情이　痙攣하는　나와.

트랑크　위에　장미는　시들고

文明은　慇懃한　曲線을　긋는다.

鳥類는　잠들고

우리는　페인트　칠한　잔디밭을　본다

달리는　∧유니온·패시픽∨　안에서

商人은　쓸쓸한　婚約의　꿈을　꾼다.

反抗的인 〈M・몬로〉의

날개 돋힌 衣裳.

敎會의 日本語 宣傳物에서는

크레솔 냄새가 나고

옛날

〈루돌프・앨폰스・바렌티이노〉의 주검을

悲嘆으로 마지한 나라

그 때의 淑女는 늙고

아메리카는 靑春의 陰影을 잊지못했다.

스트맆•쇼오

담배 煙氣의 暗黑

視力이 없는 네온•싸인。

그렇다 ∧性의 十年∨ 이 떠난후

戰場에서 靑年은 다시 逃亡처 왔다

自信과 榮譽와

歐羅巴의 달(月)을 바라다 보던 사람은……

混亂과　秩序의　反覆이

물결치는　거리에

告白의　時間은　간다.

執拗하게　太陽은　내려쪼이고

MT·HOOT의　눈은　변함이　없다.

鉛筆처럼　가느다란　내　목구멍　에서

來日이면　價値가　없는　悲哀로운　소리가　난다.

164

貧弱한 思念

아메리카   모나리자

필뮾•모오리스   모오리스•부릿지

悲情한 幸福이라도 좋다

四月十日의 復活祭가 오기 전에

굿•바이

굿드•엔드•굿드•바이

VANCE 호텔……샤아를에 있음.

파파•러브스•맘보……最近의 流行曲.

모오리스•부릿지……포오트랜드에 있음.

166

永遠한序章

어린 딸에게

機銃과 砲聲의 요란함을 받아가면서

너는 世上에 태어났다 죽엄의 世界로

그리하여 너는 잘 울지도 못하고

힘 없이 자란다。

엄마는 너를 꺼안고 三개월 간에

일곱번이나 이사를 했다。

서울에 피의 비와

눈바람이 섞여 추위가 닥쳐 오던 날

너는 입은 옷도 없이 벌거숭이로

貨車 위 별을 헤아리면서 南으로 왔다.

나의 어린 딸이여 苦痛스러워도 哀訴도 없이

그대로 젖만 먹고 웃으며 자라는 너는

무엇을 그리우느냐.

너의 湖水처럼 푸른 눈

169

지금 멀리 敵을 擊滅하러 바늘처럼 가느다란
機械는 간다. 그러나 그림자는 없다.

엄마는 戰爭이 끝나면 너를 호강시킨다 하나
언제 戰爭이 끝날 것이며
나의 어린 딸이여 너는 언제 까지나
幸福할 것인가.

戰爭이 끝나면 너는 더욱 자라고
우리들이 서울에 남은 집에 돌아갈 적에

너는 네가 어데서 태어났는지도 모르는

그런 계집애.

나의 어린 딸이여

너의 故鄕과 너의 나라가 어데 있느냐

그때까지 너에게 알려 줄 사람이

살아 있을 것인가.

한줄기 눈물도 없어

陰酸한 雜草가 茂盛한 들판에

勇士가 누워 있었다.

구름 속에 薔薇가 피고

비들기는 野戰病院 지붕에서 울었다.

尊嚴한 죽음을 기다리는

勇士는 隊列을 지어

戰線으로 나가는 뜨거운 구두소리를 듣는다.

아 窓門을 닫으시오

高地奪還戰

제트機 迫擊砲 手榴彈

∧어머니∨ 마지막 그가 부를 때

하늘에서 비가 내리기 시작했다.

옛날은 華麗한 그림冊

한장 한장 마다 그리운 이야기

173

萬歲소리도 없이 떠나

흰 繃帶에 감겨

그는 남 모르는 土地에서 죽는다.

한줄기 눈물도 없이

人間이라는 이름으로서

그는 피와 靑春을

自由를 위해 비쳤다.

陰酸한 雜草가 茂盛한 들판엔

지금 찾아 오는 사람도 없다.

잠을 이루지 못하는 밤

넓고 個體 많은 土地에서

나는 더욱 孤獨하였다.

힘 없이 집에 돌아오면 세사람의 家族이

나를 쳐다 보았다. 그러나

나는 차디찬 壁에 붙어 回想에 잠긴다.

戰爭 때문에 나의 財産과 親友가 떠났다.

人間의 理知를 위한 書籍 그것은 재떠미가 되고

지난 날의 榮光도 날아가 버렸다.

그렇게 多情했던 親友도 서로 갈라지고

간혹 이름을 불러도 울림조차 없다.

오늘도 飛行機의 爆音이 귀에 잠겨

잠이 오지 않는다.

잠을 이루지 못하는 밤을 위해 詩를 읽으면

空白한 종이 위에

그의 부드럽고 圓滿하던 얼굴이 幻像처럼 어린다.

177

未來에의 期約도 없이 흩어진 親友는

共産主義者에게 拉致되었다.

그는 死者 만이 갖는 速度로

苦腦의 世界에서 脫走하였으리라.

正義의 戰爭은 나로 하여금 잠을 깨운다.

오래도록 나는 忘却의 彼岸에서 술을 마셨다.

하루 하루가 나에게 있어서는

悲惨한 祝祭이었다.

그러나 不斷한 自由의 이름으로서

우리의 뜰 앞에서 버려진 싸움을 洞察할 때

나는 내 出發이 늦은 것을 告한다.

나의 財産…이것은 부스럭지

나의 生命…이것도 부스럭지

아 破滅한다는 것이 얼마나 偉大한 일이냐.

마음은 옛과는 다르다. 그러나

내게 달린 家族을 위해 나는 참으로 비겁하다

그에게 나는 왜 머리를 숙이며 왜 떠드는 것일까.

그리하여 나는 혼자서 운다.

나는 나의 末路를 바라본다.

이 넓고 個體 많은 土地에서

나만이 遲刻이다.

언제 죽을지도 모르는 나는

生에 한 없는 愛着을 갖는다.

검 은 江

神이란 이름으로서

우리는 最終의 路程을 찾아보았다。

어느날 驛前에서 들려오는

軍隊의 合唱을 귀에 받으며

우리는 죽으러 가는 者와는

反對 方向의 列車에 앉아

情慾처럼 疲弊한 小說에 눈을 흘겼다.

지금 바람처럼 交叉하는 地帶

거기엔 一切의 不純한 慾望이 反射되고

農夫의 아들은 表情도 없이

爆音과 硝煙이 가득찬

生과 死의 境地에 떠난다.

달은 靜寞보다도 더욱 처량하다.

멀리 우리의 視線을 集中한

人間의 피로 이루운

自由의 城砦

그것은 우리와 같이 退却하는 자와는 關聯이 없었다.

神이란 이름으로서

우리는 저 달 속에

暗憺한 검은 江이 흐르는 것을 보았다.

故鄉에 가서

갈대만이 限없이 茂盛한 土地가

지금은 내 故鄉.

山과 江물은 어느날의 繪畵

피묻은 電信柱 위에

太極旗 또는 作業帽가 걸렸다.

學校도 郡廳도 내집도

무수한 砲彈의 炸裂과 함께

世上엔 없다。

人間이 사라진 孤獨한 神의 土地

거기 나는 銅像처럼 서 있었다。

내 귓전엔 싸늘한 바람이 설래이고

그림자는 亡靈과도 같이 무섭다。

어려서 그땐 確實히 平和로웠다。

運動場을 뛰다니며

未來와 살던 나와 내 동무들은

지금은 없고

煙氣 한 줄기 나지 않는다.

黃昏 속으르

感傷 속으로

車는 달린다.

가슴 속에 흐느끼는 갈대의 소리

그것은 悲愴한 合唱과도 같다.

밝은 달 빛

은하수와 로끼

故鄉은 어려서 노래 부르던

그것 뿐이다。

비 내리는 斜傾의 十字架와

아메리카 工兵이

나에게 손짓을 해준다。

信號彈

搜索隊長　K中尉는　信號彈을　올리며　敵兵
三十名과　함께　죽었다.　一九五一年一月

危機와　榮光을　告할　때

信號彈은　터진다.

바람과　함께　살던　幼年도

떠나간　幸福의　時間도

무거운　複雜에서

더욱　單純으로　醇化하여　버린다.

옛날　植民地의　아들로

검은　땅떵어리를　밟고

그는　주검을　避해

太陽없는　처마　끝을　걸었다.

마지막　作別의　노래를

그　무엇으로　表現　하였는가.

어드운　밤이여

슬픈　人間의　類型을　벗어나

참다운　解放을

그는 무엇으로 信號하였는가。

∧敵을 쏘라

侵略者 共産軍을 射擊해라。

내 몸둥아리가 벌집처럼 터지고

멸건 피로 化할 때 까지

자장가를 불러주신 어머니

어머니 나를 中心으로 한 周邊에

機銃을 掃射하시오 敵은 나를 둘러쌌소∨

190

生과　死의　눈부신　外接線을　그으며

하늘에　구멍을　뚫은　信號彈

그가　沈默한　後

구멍으로　끊임　없이　비가　내렸다。

單純에서　더욱　주검으로

그는　나와　自由의　그늘에서　산다。

舞踏會

煙氣의 女子들 틈에 끼어
나는 舞踏會에 나갔다。

밤이 새도록 나는 狂亂의 춤을 추었다。

어떤 屍體를 안고。

皇帝는 不安한 산데리아와 함께 있었고

모든 物體는 廻轉하였다.

술보다 더욱 진한 피가 흘렀다.

눈을 뜨니 運河는 흘렀다.

이 時間 戰爭은 나와 關聯이 없다.

狂亂된 意識과 不毛의 肉體…… 그리고

一方的인 對話로 充滿된 나의 舞踏會.

나는 더욱 밤 속에 가라앉아 간다.

石膏의 女子를 힘 있게 껴안고

새벽에 돌아가는 길 나는 내 親友가

戰死한 通知를 받았다.

西部戰線에서

尹乙洙神父에게

싸움이 다른 곳으로 移動한

이 작은 都市에

煙氣가 오른다.

종소리가 들린다.

希望의 來日이 오는가.

悲慘한 來日이 오는가.

아무도 確言하는 사람은 없었다.

195

그러나 煙氣나는 집에는

흩어진 家族이 모여들었고

비 내린 黃土길을 어

여러 聖職者는 옛날 敎區로 돌아 왔다.

∧神이여 우리의 未來를 約束하시오

悔恨과 不安에 억매인 우리에게 幸福을 주시오∨

住民은 오직 이것만을 願한다.

軍隊는 北으로 北으로 갔다.

土幕에서도 웃음이 들린다.

비둘기 들이 和暢한

봄의 햇볕을 쪼인다.

부드러운 목소리로 이야기할 때

나는 언제나 샘물처럼 흐르는

그러한 人生의 복판에 서서

戰爭이나 金錢이나 나를 괴롭히는 物象과

부드러운 목소리로 이야기할 때

한줄기 소나비는 나의 얼굴을 적신다.

眞正코 내가 바라던 하늘과 그 季節은

푸르고 맑은 내 가슴을 눈물로 스치고

한때 青春과 바꾼 反抗도

이젠 書籍처럼 불타 버렸다.

가고 오는 그러한 諸相과 平凡 속에서

술과 어지러움을 恨하는 나는

어느해 여름처럼 恐怖에 시달려

지금은 하염없이 죽는다.

사라진 一切의 나의 愛慾아

지금 形態도 없이 精神을 잃고

이 쓸쓸한 들판

아니 이즈러진 길목 처마 끝에서

부드러운 목소리로 이야기 한들

우리들 또 다시 살아 나갈 것인가

靜寬처럼 잔잔한

그러한 人生의 복판에 서서

여러 男女와 軍人과 또는 學生과

이처럼 衰額한 철 없는 詩人이

不安이다 또는 荒廢롭다

부드러운 목소리로 이야기 한들

廣漠한 나와 그대들의 기나긴 終末의 路程은

예나 지금이나 변함 없노라。

오 難解한 世界

複雜한 生活 속에서

이처럼 알기 쉬운 몇줄의 詩와

말라 버린 나의 쓰디쓴 記憶을 위하여

戰爭이나 사나운 愛情을 잊고

201

넓고도 間或 좁은 人間의 壇上에 서서

내가 부드러운 목소리로 이야기 할 때

우리는 서로 만난 것을 탓할 것인가

우리는 서로 헤어질 것을 원할 것인가.

새로운 決意를 위하여

나의 나라 나의 마을 사람들은

아무 悔恨도 꺼리낌도 없이 거저

敵의 侵略을 쳐 부시기 위하여

新婦와 그의 집을 뒤에 남기고

乾燥한 山岳에서 싸웠다 그래서

그들의 運命은 怒號 했다

그들에겐 언제나 祝福된 時間이 있었으나

最初의 피는 장미와 같이 가슴에서 흘렀다.

새로운 歷史를 찾기 위한

오랜 沈默과 冥想 그러나

죽은者와 날개없는 勝利

이런 것을 나는 믿고 싶지가 않다.

더욱 歲月이 흘렀다고 하자

누가 그들을 記憶할 것이냐.

단지 自由라는 것 만이 남아 있는 거리와

勇士의 마을에서는

新婦는　늙고　아비없는　어린것들은

풀과같이

바람속에서　자란다。

옛날이　아니라　거저　切實한　어제의　이야기

侵略者는　아직도　살아　있고

짜우러　나간　사람은　돌아오지　않고

무거운　恐怖의　時代는　우리를　支配한다。

아　服從과　다름이　없는　지금의　時間

意義를　잃은　싸움의　보람

나의　憤怒와　남아있는　人間의　설음은

하늘을　찌른다.

廢墟와　배고픈　거리에는

지나간　싸움을　비웃듯이　비가　내리고

우리들은　울고　있다

어찌하여?

所期의　것은　아무것도　얻지　못했다.

원수들은　아직도　살아　있지　않는가?

抒情

또는

雜草

植　物

太陽은　모든　植物에게　인사한다

植物은　二十四時間　幸福하였다.

植物위에　女子가　앉았고.

女子는　叛逆한　幻影을　생각했다.

香기로운 植物의 바람이 都市에 분다.

모두들 窓을 열고 太陽에게 인사한다.

植物은 二十四時間 잠 들지 못했다.

抒　情　歌

失神한듯이　沐浴하는　靑年

꿈에　본　∧죠셉•베르네∨의　바다

半軟體動物의　울음이　들린다

싸나트륨에　모여드는　淑女들

210

사랑하는 女子는 層階에서 내려온다

∧니사미∨의 詩集보다도 悲壯한 이야기

나프킨이 가벼운 인사를 하고

盛夏의 落葉은 내 가슴을 덮는다.

植民港의 밤

饗宴의 밤

領事婦人에게 아시아의 **傳說**을 말했다.

神聖한 땅 위를 나는 걸었다.

自動車도 人力車도 停車되었으므로

銀行支配人이 同伴한 꽃 파는 **少女**

그는 일찌기 自己의 몸 값보다

꽃 값이 비쌌다는 것을 안다。

敵愾心으로 植民地의 哀歌를 불렀다。

陸戰隊의 演奏會를 듣고 오던 住民은

三角洲의 달빛

白晝의 流血을 밟으며 찬 海風이 나의 얼굴을

적신다。

薔薇의 溫度

裸身과 같은 흰 구름이 흐르는 밤

實驗室 窓 밖

果實의 生命은

貨幣모양 倦怠하고 있다.

밤은 깊어가고.

나의 찢어진 愛慾은

樹木이 放蕩하는 舖道에 疾走한다.

喇叭소리도　暴風의　俯瞰도

花辨의　모습을　찾으며

武裝한　거리를　헤맸다。

太陽이　追憶을　품고

岸壁을　지나던　아침

料理의　偉大한　平凡을

Close-up 한　原始林의

薔薇의　溫度

나의 生涯에　흐르는　時間들

나의 生涯에　흐르는　時間들
가느다란　一年의　안제라스
어드워지면　길목에서　울었다
사랑하는　사람과
숲 속에서　들리는　목소리

그의 얼굴은 죽은 詩人이었다

늙은 언덕 밑

疲勞한 季節과 부서진 樂器

누구나 저만이 슬프다고

모이면 지낸 날을 이야기한다

가난을 등지고 노래도 잃은

안개 속으로 들어간 사람아

217

이렇게 밝은 밤이면

빛나는 樹木이 그립다

찬 눈은 가슴에 떨어진다

바람이 찾아와 문은 열리고

힘 없이 反抗하던 나는

겨울이라 떠나지 못하겠다

밤 새우는 街路燈

무엇을 기다리나

나도 서 있다

無限한 果實만 먹고

不幸한 샨숑

産業銀行 유리窓 밑으로

大陸의 市民이 푸로므나아드하던 지난 해 겨울

戰爭을 피해온 女人은

銃소리가 들리지 않는 過去로

受胎하며 뛰어 다녔다.

暴風의 뮤스는 燈火管制 속에

고요히 잠 들고

이 밤 大陸은 한개 果實처럼

大理石 위에 떨어졌다.

첫밟힌 나의 優越感이여

市民들은 한사람 한사람이 ∧데모스테네스∨

政治의 演出家는 逃亡한

아르르캉을 찾으러 돌아다닌다.

市長의 調馬師는

밤에 가장 가까운 저녁때

雄鷄가 노래하는 브루우스에 化合되어

平行 面體의 都市計劃을

코스모스가 피는 寒村으로 案內하였다.

衣裳店에 神化한 마네킹

저 汽笛은 Express for Mukden

마로니에는 蒼空에 凍結되고

汽笛처럼 사라지는 女人의 그림자는

짜스민의 香기를 남겨 주었다.

사랑의 Parabola

어제의 날개는 忘却 속으로 갔다.

부드러운 소리로 窓을 두들기는 햇빛

바람과 恐怖를 넘고

밤에서 맨발로 오는 오늘의 사람아

떨리는 손으로 안개 낀 時間을 나는 지쳤다.

희미한 등불을 던지고

열지 못할 가슴의 門을 부셨다.

새벽처럼 지금 幸福하다.

周圍의 血液은 살아 있는 人間의 眞實로 흐르고

感情의 運河로 漂流하던

나의 그림자는 지나간다.

내 사랑아

너는 찬 氣候에서 긴 行路를 시작했다. 그러므로

暴風雨도 서슴치 않고 慘酷마저 무섭지 않다.

짧은　하루　허나

너와　나의　사랑의　抛物線은

權力　없는　地球　끝으로

오늘의　位置의　延長線이

노래의　形式처럼　來日로

自由로운　來日로……

구   름

어린 생각이 부서진 하늘에

어머니 구름 적은 구름들이

사나운 바람을 벗어난다.

밤 비는

구름의 층계를 뛰어내려

우리에게 봄을 알려주고

모든 것이 생명을 찾았을 때

달빛은 구름 사이로

지상의 행복을 빌어주었다.

새벽 문을 여니

안개 보다 따스한 호흡으로

나를 안아주던 구름이여

시간은 흘러가

네 모습은 또 다시 하늘에

227

어느 곳에서도 바라볼 수 있는

우리의 전형

서로 손 잡고 모이면

크게 한몸이 되어

산다는 괴로움으로 흘러가는 **구름**

그러나 자유속에서

아름다운 석양 옆에서

헤매는 것이

얼마나 좋으니

田園

I

홀로 새우는 밤이었다.

지난 詩人의 걸어온 길을

나의 꿈길에서 부닥혀 본다.

적막한 곳엔 살 수 없고

겨울이면 눈이 쌓일 것이

걱정이다.

시간이 갈쑤록

바람은 모여 들고

한간 방은 잘 자리도 없이

좁아진당.

밖에는 우수수

落葉 소리에

나의 몸은

점점 무거워진다.

II

風土의 냄새를

산 마루에서

지킨다.

내가슴 보다도

더욱 쓰라린

늙은 농촌의 황혼

언제부터 시작 되고

언제 그치는

나의 슬픔인가.

지금 쳐다 보기도 싫은

기울어져 가는

晩夏。

전선 위에서

제비들은

바람 처럼

나에게 작별한다。

III

찾아든 고독 속에서

가까이 들리는

바람소리를 사랑하다.

窓을 부시는듯

별들이 보였다.

七月의

저무는 전원

詩人이 죽고

괴로운 세월은

어데론지 떠났다.

비 나리면

떠난 친구의 목소리가

江물 보다도

내 귀에

서늘하게 들리고

여름의 호흡이

살 새 없이

눈 앞으로 지낸다.

IV

절룸발이 내 어머니는

朔風에 쓰러진

고목 옆에서 나를

불렀다.

얼마 지나

부서진 추억을 안고

염소 처럼 나는

울었다.

馬車가 넘어간

언덕에 앉아

지평에서 걸어오는

옛 사람들의

모습을 본다.

생각이 타 오르는

연기는

마을을 덮었다.

後

記

나는 十餘年동안 詩를 써 왔다。이 世代는 世界史
가 그러한 것과 같이 참으로 奇妙한 不安定한 年
代였다。그것은 내가 이 世上에 태어나고 成長해온 그
어떠한 時代보다 混亂하였으며 精神的으로 苦痛을 준
것이 였다。

詩를 쓴다는 것은 내가 社會를 살아가는데 있어서
가장 依支할수 있는 마지막 것이 였다。나는 指導者
도 아니며 政治家도 아닌 것을 잘 알면서 社會와 싸
웠다。

信條치고 動搖되지 아니한 것이 없고 公認되어온 敎
理치고 마침내 缺陷을 露呈하지 아니한 것이 없고 또
容認된 傳統치고 危殆에 臨하지 아니한 것이 없는 것
처럼 나의 詩의 모든 作用도 이 十年동안에 여러가
지로 변하였으나 本質的인 詩에 대한 情操와 信念만
을 무척 지켜 온 것으로 생각한다。

처음 이 詩集은 「검은 峻烈의 時代」라고 題할려고
했든 것을 지금과 같이 고치고 四部로 나누웠다。執

238

筆年月順도 發表順도 아니며 단지 서로의 詩가 가지는 關聯性과 나의 區分해 볼려는 習性에서 온 것인 듯 도리혀 讀者에게는 쓸데 없는 일을 한 것같다.

여하든 나는 우리가 걸어 온 길과 갈길 그리고 우리를 自身의 分裂한 精神을 우리가 사는 現實社會에서 어떻케 나타내 보이며 純粹한 本能과 體驗을 通해 본 不安과 希望의 두 世界에서 어떠한것을 써야 하는가를 항상 생각 하면서 여기에 실은 作品들을 發表했었다.

끝으로 뜻깊은 祖國의 解放을 十周年째 맞이하는 가을날 夫琓爀先生과 李亨雨氏의 힘으로 나의 最初의 選詩集을 刊行하게된 것을 感謝하는 바이다.

1955年 9月 30日

著 者

239

選　詩　集

著　者　　　　朴　寅　煥

發行人　　　　張　萬　榮

印刷所　　　　靑丘出版社

發行所　　　　珊　瑚　莊

（登錄 No. 418）

檀紀四二八八年十月十一日　印刷

檀紀四二八八年十月十五日　發行

價・七〇〇圜

갈보(Greta Garbo) : 그레타 가르보. 스웨덴 출신의 미국 영화배우.

거저 : '그저'의 방언.

그렌 미이라(Glenn Miller) : 글렌 밀러. 독일계 미국인 트럼본 연주자. 재
　　즈를 초기 미국 대중문화로 자리잡게 한 인물.

녹쓸은 : '녹슨' 의미.

니사미(Nizami Ganjawi) : 니자미 간자비. 중세 페르시아의 시인. 낭만적
　　서사시를 주로 씀.

데모스테데네스(Demosthenes) : 데모스테네스. 고대 그리스의 웅변가, 정
　　치가.

덱키(deck) : 덱. 갑판.

돈나(donna) : 귀부인.

디텍티이브 스토오리(detective story) : 디텍티브 스토리. 탐정 이야기.

로사리오海峽(Rosario Strait) : 워싱턴주 북부의 해협.

루돌프 앨폰스 바렌티이노(Rudolph Alponse Valentino) : 루돌프 알폰스
　　발렌티노. 이탈리아 출생의 미국 영화배우.

마니페스트(manifesto) : 매니페스토. 선언. 성명. money pest(돈벌레)로 보
　　이기도 함.

미조오리號(Missouri) : 미주리호. 제2차 세계대전 때 미국 태평양함대에

속했던 기함.

바탄과 코레히돌 : 필리핀의 군사 요충지인 바타안(Bataan) 반도와 코레히도르(Corregidor) 섬.

부스럭지 : '부스러기'의 비표준어.

싸나트륨(Sanatorium) : 새너토리엄. 요양소. 휴양지.

센치멘탈 쨔아니(Sentimental Journey) : 센티멘털 저니. 영국의 소설가 로렌스 스턴(Laurence Sterne)이 쓴 기행문. 미국의 월터 랭(Walter Lang) 감독이 만든 영화 〈센티멘털 저니〉도 있음.

시이스 : 시트.

아라공(Louis Aragon) : 루이 아라공. 프랑스의 시인이자 소설가.

아르르캉(Arlequin) : 아를르캉. 중세 이탈리아의 희극에 등장하는 광대.

아포롱(Apollon) : 아폴론. 그리스 신화에 나오는 신.

안제라스(Angelus) : 안젤루스. 가톨릭에서 아침 · 정오 · 저녁에 드리는 삼종 기도.

앙드레 마르로우(Andre Malraux) : 앙드레 말로. 프랑스의 소설가.

에우고 : 외우고.

에후 루우스벨트(Franklin Delano Roosevelt) : 프랭클린 델러노 루스벨트. 미국의 32번째 대통령.

욱어진 : ① 우거지다. ② 욱다(기운이 줄어지다).

유니온 패시획(Union Pacific) : 유니언 퍼시픽. 미국 최초의 대륙 횡단 철
　도. 오마하를 기점으로 시애틀, 로스앤젤레스, 덴버 등지에 이른다.

이즈러진 : 이지러진

재떼미 : 잿더미.

죠셉 베르네(Claude Joseph Vernet) : 프랑스 낭만주의 화가. 항구의 풍경
　을 주로 그림.

진 휘이즈(gin fizz) : 진피즈. 진에 설탕, 얼음, 레몬을 넣고 탄산수를 부어
　만든 칵테일.

카아멘 죤스(Carmen Jones) : 〈카르멘 존스〉. 미국의 오토 프레민저(Otto
　Preminger) 감독이 만든 영화 제목.

카인(Cain) : 구약성서 『창세기』에 나오는 아담과 하와의 맏아들. 살인자
　의 대명사.

카푸리 섬(Island of Capri) : 카프리 섬. 나폴리 주변에 있는 섬.

타아반(tavern) : 태번. 선술집. 여인숙.

톨소 : 토르소.

파파 러브스 맘보(Papa loves mambo) : 미국의 대중가수 페리 코모(Perry
　Como)의 대표곡.

244

푸로므나아드(promenade) : 푸롬나드. 산책이나 행진.

필맆 모오리스(Philip Morris) : 필립 모리스. 미국의 담배 제조 회사.

孔雀(공작) : 1940년대 국산 담배 상표.

渺茫(묘망) : 넓고 멀어서 바라보기에 아득함.

舞踏會(무답회) : '무도회(舞蹈會)'의 일본식 표기.

俯瞰(부감) : 높은 곳에서 내려다봄.

芬蘭人(분란인) : '핀란드인'의 한자어 표기

飛廉桂館 : '비렴'과 '계관'. 한나라 무제가 지은 누관(樓觀)의 이름. 화려
　　한 건물을 상징함.

傷風(상풍) : 바람을 쏘여서 생기는 병.

成案(성안) : 계획, 방침 등에 관한 안건을 작성함.

收獲(수회) : '수확(收穫)'의 오기인 듯.

呂宋煙(여송연) : 담뱃잎을 썰지 않고 통째로 돌돌 말아서 만든 담배.

陸戰隊(육전대) : '해병대'의 이전 이름.

泥濘(이녕) : 땅이 질어서 질퍽하게 된 곳.

調馬師(조마사) : 말을 길들이는 일을 직업으로 하는 사람.

中袖(중유) : '중축(中軸)'의 오기인 듯.

支那(지나) : 유의어 중국.

寢台(침대) : '침대(寢臺)'의 일본식 한자 표기.

和蘭(화란) : '네덜란드'의 한자어 표기.

花辨(화변) : '화판(花瓣)'의 오기인 듯. '화판'의 의미는 꽃잎.

悔蔑(회멸) : '모멸(侮蔑)'의 오기인 듯.

DECEPTION PASS(디셉션 패스) : 시애틀을 둘러싼 바다와 섬을 통과하는 물길. 그 위에 세워진 다리가 높고 전망이 좋음.

Express for Mukden(묵덴행 급행) : '묵덴'은 중국의 도시 '선양(瀋陽)'의 만주어 영문 표기.

M. 몬로(Marilyn Monroe) : 마릴린 먼로. 미국의 영화배우.

Parabola(파라볼라) : 포물선.

RAINIER 맥주 : 레이니어 맥주. 워싱턴주 시애틀의 특산품.

STRAIT OF JUAN DE FUCA(후안데푸카 해협) : 미국 국경과 캐나다 밴쿠버 섬 사이에 있음.

(정리 : 맹문재 ㅣ 시인 · 안양대 교수)

복각본 박인환 선시집

초판 인쇄 2021년 8월 1일
초판 발행 2021년 8월 10일

지은이_박인환
펴낸이_한봉숙
펴낸곳_푸른사상사

주간 · 맹문재 | 편집 · 지순이 | 마케팅 · 한정규
등록 · 1999년 7월 8일 제2─2876호
주소 · 경기도 파주시 회동길 337─16(서패동 470─6)
대표전화 · 031) 955─9111~2 | 팩시밀리 · 031) 955─9114
이메일 · prun21c@hanmail.net
홈페이지 · http://www.prun21c.com

ISBN 979─11─308─1808─5   03810

값 15,000원